Mes histoires d'anniversaire

Ce livre est offert à

..Benjamin.

par

..tante...Marie

et oncle Réjean

x xx

D0851946

Mes histoires
d'anniversaire

4 histoires pour mes 4 ans

FLEURUS

A CAPPELLA
• POUR FLEURUS •

Direction artistique - Conception de la couverture : Élisabeth Hebert
Conception graphique de l'intérieur : Élisabeth Hebert et Nelly Charraud
Édition : A Cappella Création
Photogravure : Penez Édition
Impression : Pollina (France) - L40127
Achevé d'imprimer en septembre 2006
N° d'édition : 06099
Dépôt légal : mars 2004
ISBN 10 : 2-2150-4473-X
ISBN 13 : 978-2-2150-4473-4

© Groupe Fleurus, 15-27 rue Moussorgski, 75018 Paris,
2004 pour l'ensemble de l'ouvrage.
Site : www.editionsfleurus.com
Tous droits réservés pour tous pays.
« Loi n° 49-956 du 16 juillet 1949 sur les publications destinées à la jeunesse »

Sommaire

p. 5
Bon anniversaire Lili !
Karine-Marie Amiot - Marie Quentrec

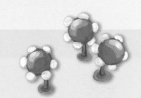

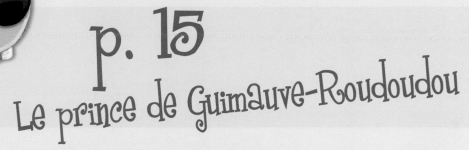

p. 15
Le prince de Guimauve-Roudoudou
Marie-Ange Richermo - Sophie Jansem

p. 27
Petit ourson deviendra grand !
Karine-Marie Amiot - Quentin Gréban

p. 37
Les quatre petits cochons
Claire Renaud - Hervé Le Goff

Joyeux anniversaire !

Bon anniversaire, Lili !

La vie est douce dans la vieille cabane du potager...

Lili saute de son lit.

Quatre petits bonds de lapin !

Elle court dans les bras de Papa Lapin.

« Joyeux anniversaire, ma Lili chérie ! »

De sa poche, Papa Lapin tire

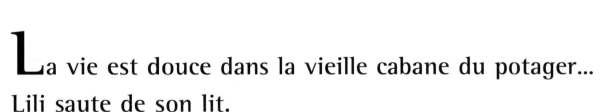

une, deux, trois, **quatre carottes !**

Lili éclate de rire : « 4 ans, quatre carottes !

Cric, crac, croc : miam ! »

Lili est heureuse :
ce matin,
Maman Lapin
prend tout
son temps.
Sur la grande
balançoire
du jardin,
elle berce Lili
très longtemps.
« Raconte, Maman,
le jour où je suis née. »

Maman Lapin ferme les yeux et sourit.
Elle serre fort la main de Lili.

6

« Tu es née dans la cabane du potager.
Il faisait beau, comme ce matin.
Quand tu as pointé le bout de ton nez, Papa a dit :
"Comme elle est petite et si jolie, on va l'appeler Lili !"
Tu as beaucoup grandi depuis, mais tu es toujours
aussi jolie, ma petite Lili ! »
Maman continue à raconter longtemps, avec une voix
qui tremble un peu de temps en temps.

Soudain, Lili entend...
la voiture à pédales de Grand-Père
et Grand-Mère Lapin !
Quelle surprise !
Dans son
costume
du dimanche,
Grand-Père
Lapin se lisse
la moustache :
« Pour rien au monde nous
n'aurions manqué
les 4 ans de notre Lili ! »
Grand-Mère Lapin a mis
son plus beau chapeau
avec mille rubans
qui volent dans le vent.

Lili l'embrasse longtemps.
Grand-Mère Lapin sent bon
les bonbons et les fruits confits !
Du coffre de la voiture, Grand-Père Lapin
sort un gros paquet. Lili tire la ficelle,
elle s'applique pour ne pas déchirer le joli papier.
« C'est une trottinette ! Lili n'en croit pas ses yeux...
Une trottinette, comme celle de mes grands frères ! »

Pour le déjeuner,
c'est Lili qui a tout décidé.
Au programme : pique-nique de desserts.
Dans la grande prairie aux boutons-d'or,
Maman étale une jolie nappe brodée de papillons.
Des paniers, elle sort mille choses délicieuses à déguster :
des tartes aux fraises des bois,
des petits sablés aux carottes, des gâteaux aux radis,
des madeleines aux pissenlits
et même du jus de laitue à boire avec des pailles...
Papa, Maman, Grand-Père, Grand-Mère
et les trois grands frères lapins chantent tous en chœur :

« Joyeux anniversaire, Lili ! »

Lili souffle d'un seul coup ses quatre bougies !
Elle goûte son délicieux gâteau d'anniversaire :
une pièce montée de petits choux à la crème chantilly !
Elle se barbouille les moustaches
et se met de la chantilly jusqu'aux oreilles !

Pimpim, Patachon et Petichou font des mystères :

« Viens, Lili, on a préparé une surprise pour toi ! »

Lili suit ses frères jusqu'à l'étang.

Pimpim dit :

« Pour tes 4 ans,
nous avons transformé
ce nénuphar géant
en barque de
princesse.

Grimpe, Lili princesse !
Nous sommes
tes chevaliers servants ! »
Pimpim, Patachon et Petichou
rament en chantant :

« Joyeux anniversaire, Lili,
joyeux anniversaire... »
Lili voudrait que
cette promenade
ne finisse jamais.

12

13

Avant de dire au revoir
à Grand-Père et Grand-Mère Lapin,
Papa a une idée :
« En souvenir des 4 ans
de Lili, nous allons prendre une photo.
Grimpez tous dans la brouette !
Toi, Lili, mets-toi bien au milieu !

Souriez ! Un, deux, trois,
le petit oiseau va sortir ! bravo ! »

C'est certain, Lili se souviendra toujours
de cette merveilleuse journée !

Le prince
de Guimauve-Roudoudou

Pierre, prince de Guimauve-Roudoudou, a bientôt 4 ans.
Ses yeux brillent de fierté. Il montre sa main droite,
quatre doigts levés, pouce caché, à ses parents, la reine Patacrêpe
et le roi Réglisse. « C'est promis, lui ont-ils dit.
Dans quelques jours, tu recevras tous tes amis. »
Pierre établit la liste des invités :

1, 2, 3, 4, 5, 6, 7, 8, 9, 10, 15.

« Non, corrige la reine Patacrêpe, 10, 11... » Et ils recomptent
ensemble jusqu'à quinze princes et princesses qui entoureront
Pierre pour ce grand jour.
Il faut maintenant penser aux cartons d'invitation.

La reine Patacrêpe décroche du ciel quinze petits nuages. Pierre plonge les doigts dans un peu de chocolat et signe sur chacun d'eux, de sa plus belle écriture, son joli prénom tout marron.

Le roi Réglisse prend un pinceau et continue d'écrire : « ... t'invite à son anniversaire samedi 4 mars, de 14 à 18 heures, au Palais des bonbons. »

16

Puis, de son souffle puissant,
il envoie par la fenêtre ouverte
les petits nuages d'invitation
qui arriveront à bonne destination.
Pierre est très impatient.
Il aimerait que la fête
ait déjà commencé.

Il imagine ses amis,
tous déguisés, les bras encombrés
de gros cadeaux.
Pour lui, rien que pour lui.

Et les jours passent comme les nuits,
mais ce n'est toujours pas le jour de son anniversaire.
Enfin, le téléphone sonne.
« Allô, bonjour, ici le prince Pierre. Qui est à l'appareil ? »
C'est la maman du prince Jean-Victor de Bouille-Frimousse.

18

Bien sûr, il viendra à l'anniversaire.

Il se réjouit à l'idée de retrouver son meilleur ami.

Sitôt raccroché, le téléphone se remet à sonner.

Encore une maman de prince. Puis une autre encore.

Ils viendront tous, ils seront là !

Même la jolie
princesse
Isabella.

19

La veille de l'anniversaire tant attendu, la reine Patacrêpe vient chercher le prince Pierre à la sortie de l'école. Tous deux s'envolent sur leur magnifique destrier jusqu'au supermarché enchanté.

Au rayon des cotillons, ils achètent quatre bougies feu d'artifice et des guirlandes de rêve, des cotillons d'or et des serpentins en poil de licorne. Et aussi des ballons de feu pour décorer le grand salon.

Un peu plus loin, au rayon confiserie,
la marchande reconnaît Pierre,
le prince de Guimauve-Roudoudou. C'est son client préféré !
Ce petit blond si poli veut toujours tout voir et tout acheter...
Mais aujourd'hui, c'est pour son anniversaire !

La reine Patacrêpe commande une tonne
de caramels, une montagne de sucettes,
des petits wagons de bonbons
éternels, et quelques milliards
de petits crocodiles mous et doux
qui n'ouvriront pas la bouche.

En partant, la marchande glisse dans la main de Pierre
son cadeau d'anniversaire, une dernière friandise,
une guimauve magique au goût de choco-cola.

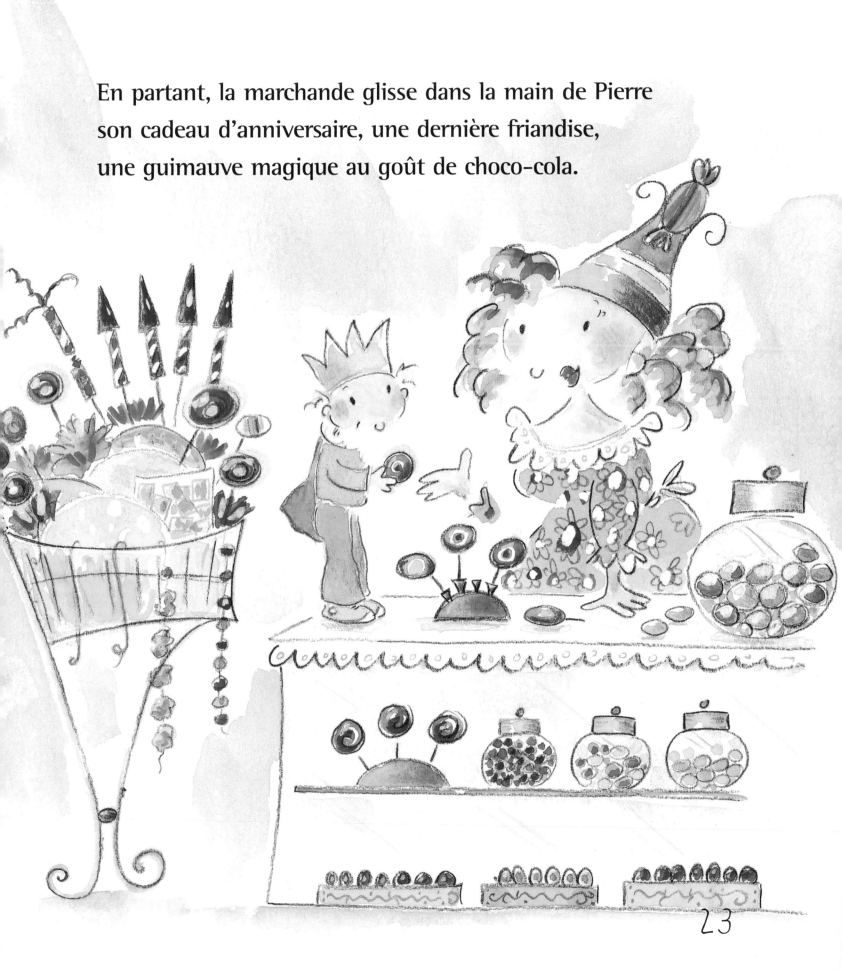

La nuit tombe déjà lorsque le prince Pierre
et la reine Patacrêpe rentrent chez eux.
Patacrêpe borde Pierre qui s'est endormi comme un ange.
La lune entre alors dans sa chambre, apportant en cadeau
une jolie nappe de ciel étoilé.

24

Demain, Pierre aura le plus bel anniversaire
qu'il puisse imaginer.

DRRR...

Le réveil sonne dans la chambre du roi et de la reine,
et Pierre est déjà sur leur lit.

« J'ai 4 ans ! »

« Joyeux anniversaire, mon grand ! »

On n'a pas le temps de traîner.

Vite, il faut préparer le gâteau d'anniversaire.

La reine Patacrêpe et le prince Pierre mélangent le sucre

de diamant au beurre de soleil. Ajoutent les œufs de dodos,

la poudre de coco et le chocolat des pirates.

Quelques instants plus tard, une délicieuse odeur des îles se répand

dans le Palais des bonbons.

Tout est prêt pour la fête. Le prince Pierre grimpe au donjon

et guette ses amis par la fenêtre ouverte.

« Les voilà ! Gardes ! Sonnez trompettes !
Aujourd'hui, c'est mon anniversaire ! »

petit ourson deviendra grand !

C'est un grand jour sur la banquise : Théodore a 4 ans.
Papa Ours sort de l'armoire une grande toise en bois.
Chaque année, il mesure son ourson. C'est la tradition !
Le jour de ses 1 an, bébé Théodore tenait à peine debout
et ne dépassait pas le petit poisson. À 2 ans, le haut
de sa tête touchait presque le renard blanc ! Le jour
de ses 3 ans, comme Théodore était fier ! Il avait atteint
le pingouin en costume des grands jours et il se souvenait
bien de ce qu'avait dit Papa :

« À 4 ans, c'est certain,
tu toucheras les bois du renne, mon fiston ! »

27

Théodore est très impatient. Il se tient bien
droit, les pieds contre le mur. Il aimerait bien
se mettre sur la pointe des pieds et lever les deux bras
en l'air pour se grandir encore. Mais c'est du sérieux !
Théodore respire à peine.

Papa prend les mesures et annonce :
« Finalement, tu ne touches pas encore les bois du renne !
Il faudra manger plus de soupe à l'avenir ! »

Théodore n'en croit pas ses oreilles. Il a bien entendu !
Cette année, il n'a presque pas grandi.

Comme il est déçu,
lui qui était si pressé d'annoncer
la grande nouvelle à tous ses amis !
Lui qui avait tellement envie de devenir un grand,
il est à peine plus haut qu'un ourson de 3 ans...

Théodore est triste.
Il s'en va...
La banquise a l'air déserte.
Le vent et les flocons de neige le font trembler.

Théodore a oublié son écharpe et il commence à éternuer !
En regardant les pas qu'il laisse dans la neige,
il se met en colère :

« Ce sont des pas de bébé ! »

Martin, son ami le pingouin, le voit de loin
et arrive en criant :

« Joyeux anniversaire, Théodore ! »

Mais Théodore se met
à pleurer et Martin
ne comprend pas pourquoi !
« Tu as des soucis ? »
« Oui, répond
Théodore.
Je ne grandis
presque pas !
Qu'est-ce que je vais faire
si je reste toujours petit ? »

Martin hausse les épaules : « Tu dis n'importe quoi !
L'année dernière, tu savais à peine pêcher et cette année,
c'est toi qui as gagné le concours
de pêche de la banquise !
Tu es encore meilleur
que Toctoc le phoque ! »
Théodore sèche
ses larmes.
C'est vrai
ce que dit
son copain.

D'ailleurs,
Théodore porte toujours
la médaille du concours
autour de son cou !
Il est un peu rassuré.
« Merci Martin,
tu es un vrai copain ! »
Théodore va s'asseoir au bord
de la mer, tout au bout
de la banquise.
Il regarde les vagues et réfléchit :

« Si je ne grandis pas,
tout le monde se moquera de moi ! »

Mais voilà Madeleine, la baleine !
Théodore lui fait coucou d'un air triste
et Madeleine comprend tout de suite
que son ami a des soucis.
Théodore lui explique tout :
« Cette année, je n'ai presque pas grandi.
Sur la toise, je ne touche même pas
les bois du renne ! »
Et le voilà de nouveau sur le point
de pleurer... « Voyons ! s'exclame
Madeleine. L'année dernière,
tu nageais encore comme
un petit chien de traîneau
de rien du tout et aujourd'hui,
tu glisses sur l'eau plus vite
qu'un kayak ! »

Théodore sait que Madeleine a raison.
Toute sa tristesse s'envole dans le vent glacé,
emportée comme un flocon de neige.
Théodore prend sa respiration, se bouche le nez
et plonge. Il danse dans la mer avec son amie la baleine.

Sur le chemin du retour, Théodore
fait le fier, du haut de ses 4 ans.
Il sait pêcher, nager, plonger...
Il court, saute et fait des
galipettes dans la neige.
Comme c'est bon
de devenir grand !

Théodore rêve :
« Quand sur la toise
ma tête touchera
les étoiles, je serai
un papa ours !
Alors, je mesurerai
mon tout petit
ourson qui tiendra
à peine debout
et qui ne dépassera
pas le petit poisson ! »

Les quatre petits cochons

Une fois que les trois petits cochons se furent débarrassés du loup (vous vous souvenez ? Mais si ! Quand le loup avait voulu entrer dans la maison de briques par la cheminée, il était tombé dans la marmite bouillante ! Cuit, bouilli le loup ! Plus de loup !), ils vécurent en paix pendant de longues années. Maman Cochon avait même eu un autre bébé, si bien que les trois petits cochons étaient maintenant quatre. Mais le cousin du loup préparait en secret sa vengeance.

Caché dans les fourrés, il épiait chaque
jour la promenade des petits cochons.
Il regardait avec avidité, en se pourléchant
les babines, ce quatrième petit cochon
nouveau-né dans son landau.
Quelle chair tendre et rose !
Quel bon repas en perspective !
Un bon petit cochon de lait à la broche !
Le loup en salivait d'avance !
Un jour, alors que les trois petits cochons
jouaient au football autour du landau,
le ballon atterrit dans les buissons.

En allant le chercher, l'un des petits cochons remarqua qu'une queue noire dépassait d'un fourré. Il reconnut immédiatement la queue d'un loup. Et il s'y connaissait en queue de loup, puisque c'était lui qui l'avait tirée de toutes ses forces pour faire descendre le loup dans la marmite !

Il continua son chemin l'air de rien,
pour ne pas éveiller les soupçons du loup,
et revint auprès de ses frères avec
le ballon. Il leur murmura :

« Alerte au loup,
prenons nos pattes à nos cous ! »

Et ils coururent jusqu'à leur maison de briques,
en tirant le landau qui bringuebalait sur la route.
« Il faut élaborer un plan, et vite, dit le petit cochon
essoufflé, sinon le loup ne fera qu'une bouchée
de notre petit frère. Mais comment faire ? »
Pendant qu'un des frères chauffait le biberon
et que l'autre l'amusait avec un hochet,
le troisième petit cochon
eut une idée.

« Ça y est ! Je sais ! On va lui tendre un piège !
On va creuser un trou énorme, le couvrir de branchages
juste assez solides pour que le landau tienne dessus.
À l'intérieur du landau, on mettra le cochon en peluche
rose de notre cousine Péguy. Et quand le loup se jettera
sur le landau, il tombera dans le trou ! »

43

La nuit venue, les trois petits cochons partirent avec leur pelle sur l'épaule. Ils creusèrent, creusèrent jusqu'au petit matin et couvrirent le trou de branches de marronnier.

Le lendemain, à l'heure habituelle, ils se rendirent sur leur terrain de jeux et installèrent le landau sur les branchages.

À pas de loup, ils allèrent se cacher dans les buissons, tenant serré dans leurs pattes leur tout petit frère.

Enfin le loup pointa son museau. Il regarda à droite, puis à gauche, pour s'assurer qu'il était bien seul :

« Ha, ha, ha ! ricana le loup, ils ont laissé leur petit frère sans surveillance ! Les imbéciles !

Petites cervelles de petits cochons ! Juste bons à être mangés, ces bestiaux, incapables de penser ! À moi la chair fraîche ! »

45

46

Et le loup se jeta sur le landau, toutes dents dehors !

Ce fut un véritable carnage : les branches cassèrent sous le poids du loup, il hurla, s'écrasa au fond du trou comme un paquet de linge sale et reçut en prime le landau sur la tête. Il voyait mille petits cochons ailés tournoyer autour de lui !

« **A**lors le loup, on est des imbéciles, c'est ça !
On a des petites cervelles de petits cochons ! » lui crièrent
les quatre petits cochons penchés au-dessus du trou.
« Au secours, à l'aide, sortez-moi d'ici ! Il fait froid,
c'est humide, et j'ai peur du noir », pleurnicha le loup.
« Hou, le loup, tu fais moins le fier maintenant,
tu pleures comme un agneau ! Bon, ben,
nous on rentre goûter ! Salut ! »
Et ils laissèrent le loup pleurer au fond de son trou.

Et si personne ne l'a délivré, il y est encore !